un mousquetaire

Texte de **Madeleine Deny**
Illustrations de **Didier Millotte**
Mise en couleurs de **Lise Chapelier**

ES-TU PRÊT À DEVENIR L'HOMME DE CONFIANCE du cardinal Mazarin ? à servir fidèlement le royaume de France ? à déjouer les complots, les trahisons, les intrigues ? Eh bien, que dirais-tu de devenir un fringant mousquetaire à la barbiche soignée, bien décidé à mener une brillante carrière ?

Jamy et moi, nous t'accompagnerons tout au long de ton chemin. À chaque page, tu devras prendre la bonne décision pour avancer. Tu seras renvoyé d'une page à l'autre jusqu'à la fin de l'histoire. Comme il y a plusieurs histoires dans ce livre, tu pourras le lire plus de **dix fois** sans vivre la même aventure.

Certaines fins seront heureuses, d'autres un peu moins… mais je sais que tu repartiras toujours d'un bon pied !

À la fin de chaque épisode, Jamy te donnera de **précieuses informations** pour en savoir un peu plus sur les mousquetaires et l'époque de Louis XIV. Les mots difficiles, suivis d'un astérisque (*), sont expliqués à la dernière page.

Un dernier conseil avant de partir : méfie-toi des espions à la solde des puissances étrangères, des princes jaloux du roi et… des ruelles sombres !

CHOISIS TON CHEMIN AVEC SOIN !

C'EST PAS SORCIER

QUANT À MOI, JE TE RETROUVERAI
À CHAQUE FIN D'AVENTURE POUR UN PETIT TOPO...

Les topos de Jamy

TU Y DÉCOUVRIRAS DES INFORMATIONS PASSIONNANTES sur les mousquetaires, la France au temps de Mazarin et les débuts du règne de Louis XIV.
Rien ne t'empêche de les lire indépendamment de l'histoire !

Être mousquetaire

Louis XIV, jeune roi

Au temps de Mazarin

1

–Est-ce en ces lieux que se trouve M. de Puisségur, mousquetaire du cardinal ? clame un coursier en entrant dans la cour de l'hôtel des bords de Seine où vous logez, toi et les mousquetaires du cardinal.
Tu lèves le bras. Le messager s'approche et te tend un pli cacheté du sceau* du cardinal Mazarin. Tu l'ouvres, le lis rapidement. Le tout-puissant ministre veut s'entretenir avec toi pour te confier une mission de la plus haute importance. Tu enfourches immédiatement ta monture et te mets en route pour le palais.
Tu as du mal à contenir ton excitation…
« Vais-je enfin devenir l'un des hommes de confiance de Mazarin ? » te demandes-tu en suivant le garde qui file à cheval à toute allure vers le Louvre. La mission secrète dont il est question dans son message va sans aucun doute changer le cours de ta vie.

PAS DE PROBLÈME, FRED. NOUS SOMMES EN 1650, ET C'EST UNE ÉPOQUE BIEN AGITÉE !

Mazarin contre Condé

Repartons quelques années en arrière...

Anne d'Autriche

En 1643, Louis XIII meurt. Son fils, le futur Louis XIV, n'a que 5 ans. Sa mère, Anne d'Autriche, nommée régente, et son ministre, le cardinal Mazarin, vont gouverner à sa place.

Mazarin

Jusqu'à sa mort en 1661, **Mazarin, tout-puissant, dirige la France**. Il renforce l'autorité royale. Pour financer les lourdes dépenses dues aux guerres contre l'Espagne et l'Angleterre, il multiplie taxes et impôts. Il se fait bien sûr des **ennemis**, parmi les bourgeois, les nobles, et jusque dans les rangs de la famille royale !

Le mécontentement devient vite général. En 1648, c'est le début de la **Fronde.** On voit apparaître plusieurs groupes d'opposition.

La Fronde parlementaire

Le parlement de Paris refuse d'enregistrer de nouvelles taxations. Plusieurs parlementaires sont arrêtés, ce qui provoque une succession de soulèvements populaires.

La Fronde des princes

Des nobles et des princes du sang remettent en cause la façon de gouverner de Mazarin et contestent l'autorité du roi. Turenne et Condé tentent même de soulever l'armée contre lui.

Mais le manque d'union des « frondeurs » va faire échouer les tentatives de révoltes. En 1653, après quatre ans de guerre civile, la population souhaite un retour à l'ordre.

En 1650, Paris subit la Fronde de plein fouet. Les hommes de Condé mènent la vie dure aux **mousquetaires de la compagnie du cardinal Mazarin**.

ET MAINTENANT, COMMENCE L'AVENTURE EN 2 !

Mazarin te reçoit dès ton arrivée au palais, et t'explique la situation.

– Vous savez que nous traversons une période difficile. On se bat dans Paris, les bourgeois érigent des barricades aux portes de la ville, les nobles veulent que je me retire pour accaparer le pouvoir royal…

Puis il te tend une cassette en bois précieux :

– Ce coffret contient des documents secrets, te dit-il. Je me dois de les mettre à l'abri. Blanyac, votre capitaine, m'a parlé de votre bravoure : j'ai donc décidé de vous confier cette mission. Remettez la cassette à mon ami Valpocella. Il séjourne en ce moment au château de Longueil.

– Je mets un point d'honneur à mener cette mission à bien, lui promets-tu.
D'un geste las, il te congédie, après t'avoir remis une bourse remplie d'écus d'or et d'argent. Tu enfermes soigneusement le coffret dans une des sacoches de ton cheval.

SI TU DÉCIDES DE PRENDRE LA ROUTE IMMÉDIATEMENT, VA EN 6.

SI TU PRÉFÈRES ALLER PRÉVENIR DE TON DÉPART LE CAPITAINE DES MOUSQUETAIRES, VA EN 17.

3

La soirée tant attendue arrive enfin. Sous prétexte de passer en revue ses troupes postées non loin de là, le roi quitte le palais où il loge avec sa future épouse. Tu l'accompagnes et, en route, tu lui expliques ton plan.

– Après avoir inspecté vos troupes, vous demanderez à visiter le bastion* le plus éloigné du camp. J'ai déjà posté là-bas quatre sentinelles qui assureront votre sécurité. Quant au commandant du fort, c'est un ancien mousquetaire et nous pouvons lui faire confiance.

Tout se déroule comme prévu. Louis inspecte rapidement les soldats, puis rejoint le fortin* à cheval. À huit heures, un élégant carrosse s'arrête devant la bâtisse. La porte s'ouvre sur le roi qui fait entrer précipitamment la mystérieuse voyageuse dans le bastion.

SACRÉE RESPONSABILITÉ QUE DE VEILLER SUR LE ROI DE FRANCE JUSQU'À CE QUE LE JOUR SE LÈVE ! NE T'ENDORS PAS ET FILE EN 42...

4

Le lendemain, tu trouves ton homme qui t'attend de pied ferme sur le petit terrain où vous avez rendez-vous, avec deux amis venus l'assister.

Au mépris des règles les plus élémentaires du duel, il sort immédiatement sa lame et s'élance vers toi. Son attaque est rapide, mais la tienne l'est plus encore. Vos armes résonnent en se croisant dans le silence du petit matin. Très agile, tu bondis dans tous les sens. Ton adversaire s'épuise, perd l'équilibre. Et quand il se relève, tu lui donnes le coup fatal en lui enfonçant ton épée dans le cœur jusqu'à la garde*.

Les deux amis du duelliste, bouleversés, jettent le corps ensanglanté dans leur carrosse et disparaissent sans perdre un instant.

SI TU FUIS VERS LE BOURG LE PLUS PROCHE, VA EN 41.

SI TU PRÉFÈRES D'ABORD VÉRIFIER QUE TU NE RISQUES PAS D'ÊTRE POURSUIVI, VA EN 37.

5

À son arrivée, elle conte son aventure à son mari. Tu es considéré comme un héros.
Mazarin, informé de ton acte de bravoure, te fait porter une lettre par l'un de ses meilleurs coursiers. Tu la décachettes :
« Mme Bellefonds a supplié le roi de vous offrir une promotion dans sa compagnie. Il vous nomme donc lieutenant et vous offre mille écus pour avoir sauvé une personne qui lui est très chère. Je suis sûr que c'est là le début d'une glorieuse carrière. »
C'est en effet ce qui va se passer : devenu capitaine des mousquetaires du roi, tu avanceras sur la voie des honneurs, jusqu'à obtenir enfin le bâton de maréchal, le titre suprême !

EH OUI, FRED, MAIS IL EXISTE PLUSIEURS COMPAGNIES ! SUIS-MOI, JE VAIS T'EXPLIQUER.

Les compagnies de mousquetaires

Louis XIII

Les mousquetaires du roi sont un corps militaire d'élite, **créé en 1622 par Louis XIII** et chargé de la protection du souverain à l'extérieur du palais. Ces gentilshommes issus des meilleures familles du royaume combattent indifféremment à pied ou à cheval. Ils portent un uniforme recouvert d'une casaque bleue à croix d'argent, un chapeau sombre, une cocarde et des bottes noires.

Mais les ministres cardinaux (Richelieu, puis Mazarin) possèdent également leurs propres mousquetaires : c'est la **garde du cardinal**, qui porte une casaque rouge. Chaque compagnie compte 150 hommes.

En 1646, Mazarin fait dissoudre la compagnie des mousquetaires du roi qu'il juge trop turbulente ! Elle ne réapparaît qu'en 1657. À la mort du cardinal, en 1661, la compagnie des mousquetaires du cardinal passe au roi Louis XIV, qui contrôle désormais deux compagnies.

Après la disparition définitive des mousquetaires en 1815, un seul élément reste présent dans l'armée française : **le tambour** ! Ce fut en effet dans ces compagnies de mousquetaires que l'on joua pour la première fois de cet instrument à cheval.

REVIENS SUR TES PAS POUR VIVRE UNE AUTRE AVENTURE !

6

Après avoir galopé ventre à terre pendant de longues heures, tu t'arrêtes dans une auberge pour prendre du repos. L'aubergiste est accueillant et la potée que t'apporte la servante est excellente.

– Aubergiste, je pars tôt demain matin. Veille à me réveiller dès le lever du jour, annonces-tu en grimpant quatre à quatre l'escalier de bois qui mène à ta chambre.

À peine as-tu retiré la cassette de ta sacoche qu'on frappe à ta porte. Prudent, tu l'entrebâilles et aperçois la jeune servante qui murmure :

– J'ai servi tout à l'heure un pichet de vin à deux hommes qui m'ont questionnée sur vous. Je crois qu'ils cherchent à vous voler… Je peux peut-être vous aider, mais laissez-moi entrer. Je ne veux pas attirer l'attention en restant devant votre porte trop longtemps.

SI TU LUI FAIS SIGNE D'ENTRER, VA EN 34.

SI TU PRÉFÈRES LUI DONNER RENDEZ-VOUS À L'EXTÉRIEUR DE L'AUBERGE, VA EN 28.

– À la grâce de Dieu ! murmures-tu.
Tu bondis à terre et jettes le coffret dans un bosquet. Tes assaillants, surpris, descendent de cheval. Un combat sans merci s'engage entre toi et tes quatre adversaires. Heureusement, les combattants ferraillent* très médiocrement. Tu leur fais vite mordre la poussière. En sang, couverts d'estafilades*, les hommes de Condé n'ont plus qu'une idée en tête : fuir pour sauver leur peau. Ils enfourchent leurs montures et s'enfuient au grand galop sans avoir réussi à te voler le précieux coffret !
Au moment de le reprendre, tu as une drôle de surprise : un groupe de mendiants sort du bosquet. L'un d'entre eux, couvert de lèpre, tient la délicate cassette entre ses moignons*.
– Une récompense, mon prince, pour celui qui a gardé ta cassette durant le combat… te dit-il.

SI TU ACCEPTES SON MARCHÉ, VA EN 31.

SI TU REFUSES ET LUI ARRACHES LA CASSETTE DES MAINS D'UN COUP DE BOTTE, VA EN 24.

8

Grâce à cette première mission réussie, tu deviens l'un des mousquetaires favoris de Mazarin. Durant dix ans, tu vas sillonner le pays en portant les instructions secrètes du cardinal à des hauts personnages.

Et lorsque Mazarin meurt en 1661, ta réputation d'homme de confiance n'est plus à faire. Tu es alors appelé à servir dans la compagnie de mousquetaires de Louis XIV. Le roi en est le capitaine, avec à ses côtés l'un des meilleurs escrimeurs du pays, Charles de Batz-Castelmore, dit d'Artagnan.

Le premier jour de ton service sous les ordres du roi, on te prévient qu'un honneur va t'être accordé… Le roi veut te rencontrer !

SI TU PRENDS CONSEIL AUPRÈS DE D'ARTAGNAN POUR BIEN TE COMPORTER FACE AU ROI, VA EN 27.

SI TU PENSES POUVOIR TE DÉBROUILLER SEUL, VA EN 26.

9

Tu attaches ton cheval à un anneau scellé dans le mur, et prends avec toi la sacoche renfermant la cassette. Puis tu sors ta bourse et y pioches quelques piécettes pour les gamins. En un clin d'œil, les quatre larrons fondent sur toi. L'un d'eux t'assène un coup de gourdin sur la tête pendant qu'un autre t'arrache ta bourse !

– À moi, au voleur ! cries-tu tout ensanglanté, en les voyant s'enfuir sur ton cheval.

Heureusement, la sacoche est indemne…

La porte de la taverne s'ouvre et laisse passer un groupe de jeunes bourgeois qui ricanent en te voyant à terre.

– Et dire que c'est ce genre de bon à rien qui protège le roi !

– Même à moitié mort, je ne peux tolérer que l'on insulte un mousquetaire ! cries-tu en te relevant, la rage au ventre.

UN PETIT CONSEIL : APPELLE BLANYAC POUR QU'IL TE PRÊTE MAIN-FORTE ! ET VA EN 22 SANS ATTENDRE.

10

La malchance est de ton côté car ton cheval, épuisé, s'écroule les naseaux en sang. Te voilà sans monture face à un Espagnol qui galope à fond de train vers toi.
« À la grâce de Dieu », te dis-tu en t'emparant de ton mousquet. Tu allumes sa mèche, vises l'ennemi et presses sur la détente. Tu l'atteins en pleine course. Il s'écroule, foudroyé ! Tu lui voles sa monture et reprends ta route à bride abattue.
– Morbleu, mousquetaire, nous nous souviendrons longtemps de votre coup de maître, te dit Bellefonds quelques heures plus tard. Sans le savoir, vous venez de tuer l'un des plus grands espions à la solde du royaume d'Espagne !
La récompense de ce brillant fait d'armes ne se fait pas attendre : Mazarin lui-même te nomme, un mois plus tard, capitaine de sa compagnie. Une fonction que tu assumeras avec panache jusqu'à ta retraite !

OH OUI, CAR LA MISE À FEU D'UN MOUSQUET N'ÉTAIT PAS CHOSE FACILE.

Les armes des mousquetaires

Le mousquet est l'ancêtre de notre fusil.

C'est cette arme qui a donné leur nom aux mousquetaires ! Plus léger que l'arquebuse, il doit quand même reposer sur une fourche, appelée fourquine, pour le tir. Ses balles de gros calibre sont capables de transpercer une cuirasse. Son tir peut atteindre sa cible à 300 m de distance !

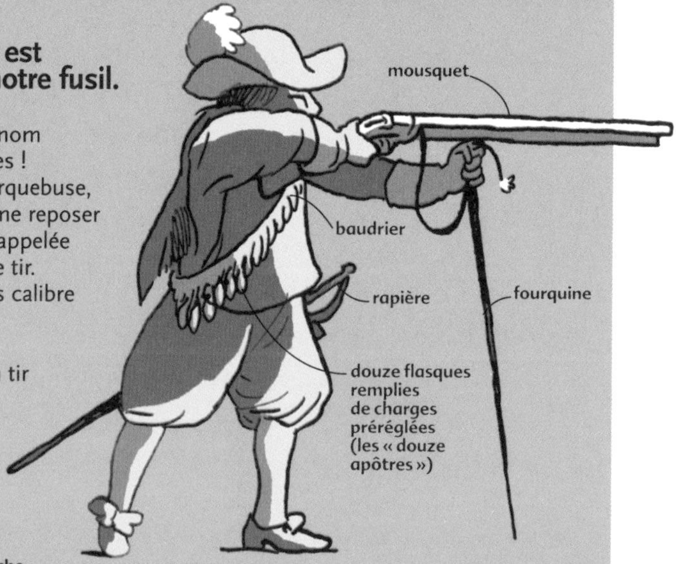

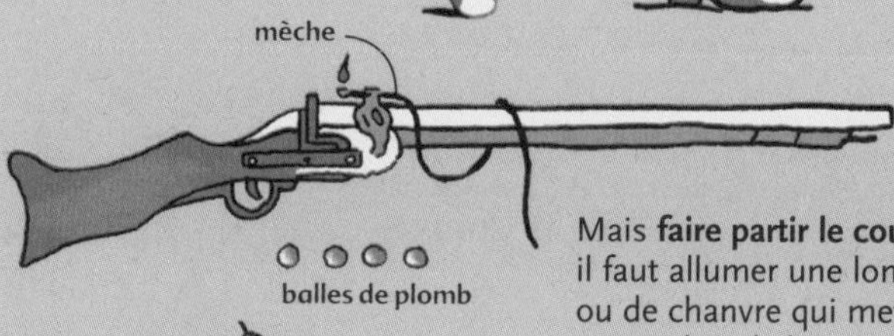

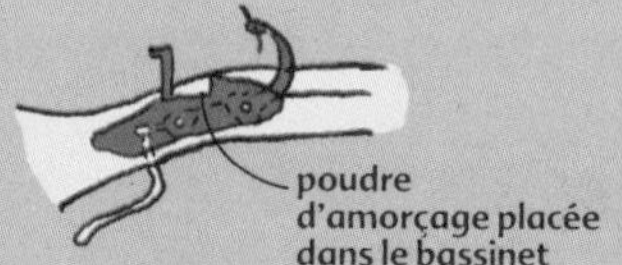

Mais **faire partir le coup** n'est pas facile : il faut allumer une longue mèche de lin ou de chanvre qui met le feu à la poudre située dans le bassinet. Au moindre coup de vent, la flamme s'éteint… Et en pleine nuit, la mise à feu de la mèche rend le mousquetaire visible par l'ennemi !

Sur les champs de bataille, où la puissance des armes à feu est déterminante, on retrouve les mousquetaires aux côtés des **artilleurs** et des **grenadiers**. Canons, grenades, mousquets… : ces armes nouvelles permettent à l'armée de mener des attaques plus efficaces.

REVIENS SUR TES PAS POUR VIVRE UNE AUTRE AVENTURE !

11

Tu vois alors ton capitaine sortir de la taverne, sauter sur son cheval et partir au galop en direction de la rue Dauphine.
Tu décides de le suivre. Ta surprise est grande lorsque tu l'aperçois peu après entrer dans l'une des places fortes de l'ennemi : l'hôtel de Nevers, le repaire de tous les nobles qui contestent l'autorité du roi. Tu sautes à bas de ton cheval, le tiens par la bride et te caches non loin de là. Quelques instants plus tard, la lourde porte de l'hôtel s'ouvre et deux hommes en sortent.
– Blanyac, dit l'inconnu, votre renseignement est précieux. Nous tenons votre petit mousquetaire et sa fameuse cassette !
– J'ai tout fait pour que Mazarin le choisisse pour cette mission, car ce jeune mousquetaire manque d'expérience…
Tu sais désormais à quoi t'attendre. Les ennemis du roi sont au courant de ta mission secrète !

SI TU DÉCIDES D'ALLER AVERTIR MAZARIN, VA EN 15.

SI TU CHOISIS DE QUITTER PARIS SANS ATTENDRE, POUR MENER À BIEN TA MISSION, VA EN 6.

12

Tu t'approches de l'immense table qui fait face à la cheminée et y déposes la cassette. Puis tu te mets au garde-à-vous en attendant que Valpocella te donne l'ordre de t'asseoir.

– Voyons, mousquetaire, si vous avez bien rempli votre mission, te dit-il en s'attablant face à la cassette. Il la prend, la soupèse et, d'un geste précis, il enclenche le mécanisme qui permet de l'ouvrir.

Le couvercle coulisse et laisse apparaître un parchemin.

– Avec ces reconnaissances de dettes, j'ai désormais tout ce qu'il me faut pour faire perdre toute influence politique à M. de Condé et à ses amis. Mousquetaire, vous avez mené votre mission à bien. Votre fidélité au roi recueillera tôt ou tard sa récompense.

SI TU ACCEPTES SA PROPOSITION DE LOGER AU CHÂTEAU QUELQUES JOURS, VA EN 8.

SI TU PRÉFÈRES REPARTIR TOUT DE SUITE, POUR RENDRE COMPTE DE TA MISSION À MAZARIN, VA EN 35.

En contournant un marais, tu aperçois au loin une voiture renversée sur le bas-côté. Tu ralentis l'allure de ton cheval et tu t'approches. Trois hommes, sûrement le cocher et deux gardes, sont étendus sans vie en travers du chemin. Une femme armée d'une cravache se débat pour tenter d'éloigner trois gaillards qui semblent complètement ivres. Tu mets pied à terre, et attaches ton cheval à un arbre. L'épée à moitié dégainée, tu avances discrètement, caché par les roseaux, vers les assaillants de la jeune femme.

– Marauds*, crie-t-elle, vous allez le regretter ! Je fais partie de la famille royale !

SI TU HURLES POUR EFFRAYER LES BANDITS, VA EN 32.

SI TU PRÉFÈRES LES PRENDRE PAR SURPRISE, VA EN 21.

14

Ta mission consiste à surveiller les allées et venues d'un curieux personnage en direction de l'Espagne.

– Cet homme, qui se fait appeler Mosso, m'a tout l'air d'un espion chargé de renseigner les Espagnols sur le mouvement de nos troupes, te dit Bellefonds, le maréchal qui dirige votre bataillon. Son frère tient un cabaret à la frontière. Nous devons à tout prix savoir ce qui s'y passe. Le soldat Joan vous accompagnera. Il parle parfaitement l'espagnol et connaît bien le pays.

Deux heures plus tard, enveloppé dans ton long manteau de guerre, tu guides ton cheval sur les sentiers escarpés qui grimpent vers le col, là où se trouve la taverne.

– Je vais partir en éclaireur et voir s'il n'y a pas de troupe espagnole de l'autre côté du col, te dit Joan.

SI TU ACCEPTES DE LE LAISSER PARTIR SEUL, VA EN 29.

SI, ENTENDANT UN BRUIT DE CAVALCADE AU LOIN, TU REFUSES, VA EN 39.

Mais on se bat dans Paris. En voulant rejoindre le Louvre, tu es pris à partie place Royale par des émeutiers qui ont construit des barricades pour bloquer les rues menant au palais.
« Si la cassette tombe entre leurs mains, c'en est fini de moi », te dis-tu en rebroussant chemin au grand galop.
Soudain, sur le Pont-Neuf, tu tombes dans un véritable guet-apens. Un groupe de cavaliers vêtus de longs manteaux noirs s'avance vers toi et cherche à t'encercler.

– Je crois que ce mousquetaire a quelque chose de fort intéressant pour le prince de Condé dans la sacoche droite de son cheval… Le prince de Condé… l'ennemi mortel de Mazarin !

SI TU ESSAIES DE REJOINDRE LE PONT AVANT QU'ILS NE PARVIENNENT À T'ENCERCLER, VA EN 24.

SI TU PRÉFÈRES DESCENDRE DE TON CHEVAL ET T'ENFUIR À PIED DANS LA FOULE, VA EN 7.

16

Les hommes t'encerclent… Avec l'énergie du désespoir, tu fouettes l'air de ton épée. Ta lame fine et souple cherche à atteindre sa cible mais, dès que tu fais un pas en avant, un homme est sur toi, son épée à la hauteur de ta gorge. L'un d'eux frappe alors sur la garde de ton épée. Te voilà désarmé.

Ton adversaire savoure ton humiliation. Puis, sans aucune pitié, il plante son épée dans ta poitrine. Tu as juste le temps de le voir lever triomphalement son arme ensanglantée vers le ciel avant de rendre ton dernier souffle.

CE COMBAT ÉTAIT TROP INÉGAL,
MÊME POUR UN TRÈS BON ESCRIMEUR…

TIENS, JAMY, ÇA NE TE DIRAIT PAS DE NOUS
DONNER UNE PETITE LEÇON D'ESCRIME ?

D'ACCORD, FRED, MAIS AVANT LA PRATIQUE, UN PEU DE THÉORIE ET UN BRIN D'HISTOIRE !

L'art de l'escrime

Au Moyen Âge

Les chevaliers, revêtus d'une lourde armure, manient souvent à deux mains leur **épée** à lame tranchante, dite épée de taille. Tout est dans les muscles !

Au 15e siècle

L'escrime devient plus technique : l'épée de taille est remplacée par la rapière, une épée fine et légère qui permet de combattre avec une seule main.

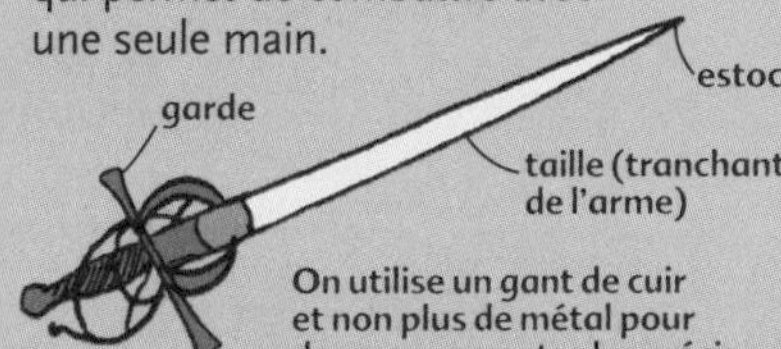

On utilise un gant de cuir et non plus de métal pour des mouvements plus précis.

Au 16e siècle

La tactique l'emporte alors sur la force et la brutalité. Un premier traité d'escrime est publié en 1573. Positions des mains, enchaînements et figures sont définis. En voici un petit aperçu.

La croix
Les deux armes se croisent.

Le brisé
Attaque qui frappe l'adversaire de haut en bas.

Le couronné
Attaque qui frappe l'adversaire sur sa gauche.

De 1589 à 1643

Henri IV et Louis XIII tentent d'interdire les **duels** qui déciment la noblesse. Mais même les exécutions ne peuvent dissuader les nobles de sacrifier leur vie à leur honneur bafoué.

Au 17e siècle

L'apparition en Italie d'une arme plus légère, le **fleuret**, transformera l'escrime sanglante du duel en un loisir très apprécié par la noblesse.

Au 19e siècle

Après la Révolution, un masque grillagé et une tenue protectrice remplacent la cape du mousquetaire. **L'escrime-sport** est née.

REVIENS SUR TES PAS ET CHOISIS UN AUTRE CHEMIN !

17

En arrivant à l'hôtel où loge ta compagnie de mousquetaires, tu apprends que Blanyac, ton capitaine, passe la soirée à la taverne du Pont-Neuf.

Il y a foule sur le fameux pont en pierre. Et tu as du mal à avancer. Tu interpelles alors un gamin et lui montres ta bourse bien remplie.

– Je te donne une pièce si tu m'ouvres le passage et me conduis à la taverne, lui dis-tu.

– Marché conclu, mousquetaire !

Il prend vite les affaires en main : avec l'aide de trois acolytes, il dégage le passage à grands cris. Ils courent à côté de ta monture et s'engagent dans une ruelle face au pont en te montrant les fenêtres éclairées de la taverne.

SI TU CONTINUES À LES SUIVRE, VA EN 11.

SI TU PRÉFÈRES DESCENDRE DE TA MONTURE AVANT D'ENTRER DANS LA RUELLE, VA EN 9.

18

Tu chevauches à bride abattue et atteins rapidement les grilles d'entrée du château de Longueil.
– Qui vive ! hurle un garde en venant à ta rencontre avec un trio de molosses baveux.
– Mousquetaire du cardinal ! Je suis chargé de remettre un document urgent au comte de Valpocella qui séjourne en ces lieux.
Au bout d'un instant, tu vois les grilles s'ouvrir.
– Occupez-vous de mon cheval ! cries-tu au garçon d'écurie venu à ta rencontre. Il mérite une bonne ration d'avoine.
Tu mets pied à terre et grimpes quatre à quatre le magnifique escalier qui mène au château.
– Je ne vous attendais pas si tôt, te dit Valpocella en te saluant.

MAINTENANT QUE LES PRÉSENTATIONS SONT FAITES, IL NE TE RESTE PLUS QU'À LUI REMETTRE CETTE FAMEUSE CASSETTE EN 12.

19

Au lieu de suivre la route, tu prends à travers champs. Un raccourci qui te fait malheureusement tomber dans un vrai guet-apens ! Six soldats espagnols sortent d'un bosquet et t'obligent avec rudesse à mettre pied à terre. L'un d'eux, qui a l'allure d'un gentilhomme, s'approche et s'adresse à toi dans un français impeccable.

– Nous avons pour mission de faire exploser le dépôt de poudre de votre garnison. Tu as donc le choix : soit tu nous y conduis, soit je te passe mon épée à travers le corps.
– Un mousquetaire n'est pas un traître ! cries-tu en dégainant ton épée.
Les hommes t'entourent. Plusieurs d'entre eux proposent de te pendre à un arbre.

MONTRE-LEUR DE QUOI EST CAPABLE
UN MOUSQUETAIRE DU CARDINAL ! VA EN 16.

20

Suivi de d'Artagnan, qui t'a remis ses armes, tu pars pour Vincennes avec trois gardes.

– Ma faute est grave, reconnaît d'Artagnan en prenant une mine contrite. Je dois payer. Je te demande juste de pouvoir m'arrêter à la première buvette pour y boire une dernière chopine.

– Je n'y vois pas d'objection, lui réponds-tu. Les trois gardes sont suffisamment solides pour t'empêcher de fuir.

Vous entrez dans la buvette. Le vin glacé que l'on te sert est délicieux. Mais quelqu'un y a versé un somnifère ! Avant de sombrer dans un profond sommeil, tu as juste le temps d'entendre d'Artagnan s'adresser aux gardes…

– Athos, Porthos, Aramis, ôtez vite vos uniformes, rendez-moi mes armes et quittons ces lieux avant que ce pauvre benêt ne se réveille ! Je lui laisse ma place en prison, il l'a bien méritée !

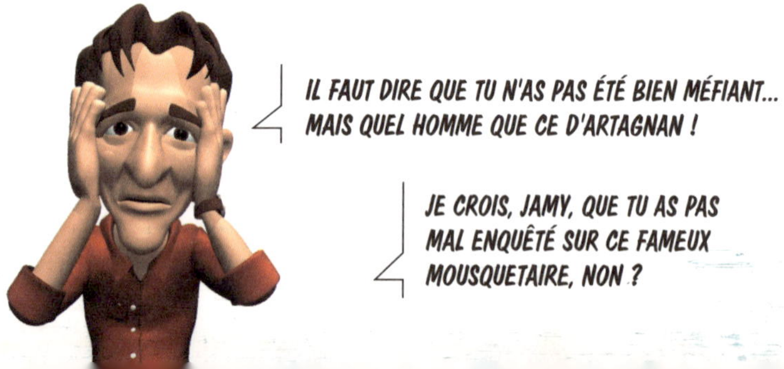

D'Artagnan

D'Artagnan est le héros, aux côtés de Porthos, Athos et Aramis, du fameux roman d'Alexandre Dumas *Les Trois Mousquetaires*, écrit en 1844. Grâce à l'écrivain, il est entré dans la légende... **Mais qui était en réalité d'Artagnan ?** On sait peu de chose sur sa vie...

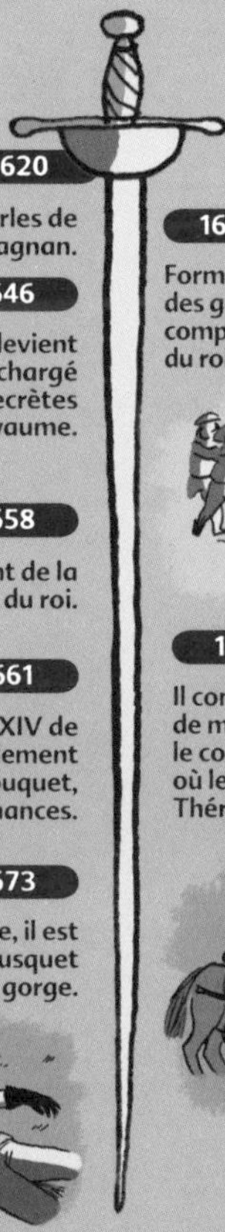

Entre 1610 et 1620

Naissance en Gascogne du petit Charles de Batz-Castelmore, dit d'Artagnan.

1645

Formé à Paris comme cadet dans le régiment des gardes françaises, il entre ensuite dans la compagnie des mousquetaires de la maison du roi. Il prend part à de nombreuses guerres.

1646

Il entre au service de Mazarin et devient un de ses hommes de confiance, chargé de porter ses instructions secrètes aux quatre coins du royaume.

1658

Promu, il est nommé lieutenant de la compagnie des mousquetaires du roi.

1660

Il commande la compagnie de mousquetaires chargés d'accompagner le cortège royal à Saint-Jean-de-Luz où le mariage de Louis XIV et Marie-Thérèse doit être célébré.

1661

Il est chargé par Louis XIV de s'occuper personnellement de l'arrestation de Fouquet, le ministre des Finances.

1673

Pendant la guerre de Hollande, il est tué par une balle de mousquet qui lui traverse la gorge.

Une vie de militaire un peu moins excitante que les aventures de guerre et d'amour prêtées par Alexandre Dumas à son héros !

REVIENS SUR TES PAS ET CHOISIS UN AUTRE CHEMIN !

21

Tu n'en as pas le temps, car les cavaliers de l'escorte surgissent au triple galop et fondent sur les bandits.
– Attrapez aussi celui-là ! crie l'un des gardes en te montrant du doigt.
Les coups pleuvent sur toi. Tu essaies de les contrer pour faire entendre ta voix…
– Morbleu, soldat ! arrives-tu enfin à hurler. Ne vois-tu pas que je suis un mousquetaire ?!
Tu te relèves et montres la grande croix d'argent cousue sur ta casaque… Mais ton uniforme ne fait qu'augmenter la haine que l'on te porte.
– Tuez l'homme de Mazarin, c'est lui qui m'a tendu ce guet-apens ! crie la femme. Je suis sûre qu'il est envoyé par le cardinal pour s'emparer des documents que j'emporte en lieu sûr.

TE VOILÀ DANS DE BEAUX DRAPS !
IL EST TEMPS DE CROISER LE FER EN 16.

22

Alerté par le bruit, ton capitaine sort de la taverne. Il s'avance vers toi.

– Un peu de tenue, mousquetaire, vous représentez le roi !

Puis, se tournant vers les jeunes gens qui ricanent, il leur cloue le bec :

– Messieurs, je vous rappelle que toute insulte envers un serviteur du roi mérite la prison. Est-ce que cela tente l'un d'entre vous ? Non ? Alors, rentrez chez vous.

C'est ce qu'ils font sans plus attendre. Mais c'est à ton tour d'en prendre pour ton grade…

– Puisségur, j'ai fait une erreur en vous recommandant au cardinal. Votre caractère impulsif risque de mettre en danger la mission dont il vous a chargé. Je vous retire l'affaire. Rapportez la cassette à Mazarin et rejoignez immédiatement votre compagnie. Dès demain, vous partirez à la guerre.

Blanyac retourne alors dans la taverne, te laissant là, bouche bée.

SI, FURIEUX, TU PARS AU GRAND GALOP, VA EN 38.

SI TU PRÉFÈRES ATTENDRE LE CAPITAINE POUR ESSAYER DE L'AMADOUER LORSQU'IL SORTIRA DE LA TAVERNE, VA EN 11.

Mazarin, qui souhaite que le roi se marie pour parfaire la réconciliation avec l'Espagne, veille. L'un des cochers du carrosse royal est un espion du cardinal. Et il t'a vu discuter longuement avec un des palefreniers* du relais où vous vous êtes arrêtés. Il le fait passer aux aveux rapidement.

– Le mousquetaire m'a demandé de lui trouver un carrosse pour une affaire secrète qui concerne le roi…

Le capitaine des gardes, mis au courant par l'homme de Mazarin, te demande des explications.

– Ne seriez-vous pas un espion à la solde de l'ennemi, chargé d'enlever le roi afin d'empêcher le mariage ?

Tu protestes, mais Louis XIV, inquiet que l'on découvre sa liaison, te laisse lâchement tomber.
– Je ne vois qu'une solution, soumettez-le à la question pour qu'il nous dise ce qu'il complotait, ordonne-t-il…

PRENDS LE TEMPS DE RÉFLÉCHIR À CE QUE TU VAS DIRE AVANT QUE L'ON NE TE JETTE EN PRISON EN 30 !

24

Ce que tu ne sais pas, c'est qu'un des hommes de Condé est tapi dans l'ombre, non loin de là. L'homme est sur toi en un instant. Il te plante son couteau dans le flanc. Tu t'effondres, sans avoir eu le temps de presser sur la détente de ton mousquet !
C'est au petit matin que tes compagnons d'armes apprennent qu'un groupe de mendiants a ramassé le corps d'un mousquetaire noyé sous le Pont-Neuf.
– Sangdieu, Puisségur ! Ceux qui t'ont fait ça vont le payer cher ! s'exclame un de tes proches camarades.
Malheureusement, personne n'arrivera jamais à retrouver ton assassin, ni la fameuse cassette… Seule une petite croix gravée sous l'arche du pont rappellera qu'ici, un mousquetaire du roi perdit la vie.

TRISTE FIN POUR UN VALEUREUX SOLDAT !

DIS-MOI, JAMY, CE FAMEUX PONT-NEUF, IL EST SI VIEUX QUE ÇA ?

EH OUI, C'EST LE PLUS VIEUX
PONT DE PARIS. MAIS POUR L'ÉPOQUE,
IL EST TRÈS MODERNE !

Le Pont-Neuf

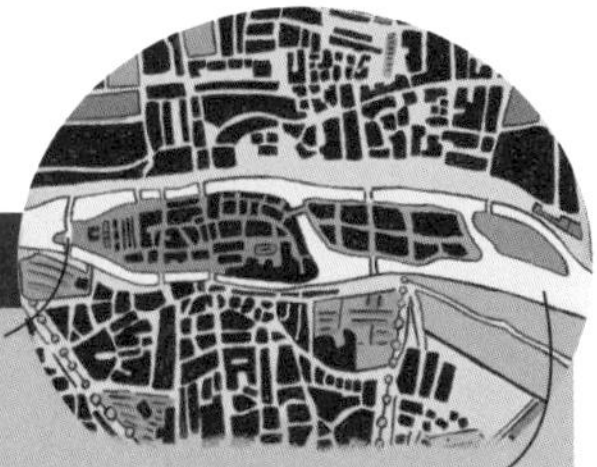

Tout comme les autres grandes villes européennes, Paris, au temps des mousquetaires, n'a pas d'égouts, pas de trottoirs, et la circulation y est bien difficile. Seuls deux axes, encombrés et en mauvais état, traversent la Seine. Le Pont-Neuf est construit pour faciliter le passage du roi entre le palais du Louvre et l'abbaye de Saint-Germain-des-Prés. C'est le roi Henri III qui, en 1578, pose la première pierre. Il n'est achevé qu'en 1604, sous Henri IV.

Le Pont-Neuf mérite bien son nom, car il comporte de nombreuses nouveautés architecturales. Dès qu'il est achevé, le pont est pris d'assaut par la foule.

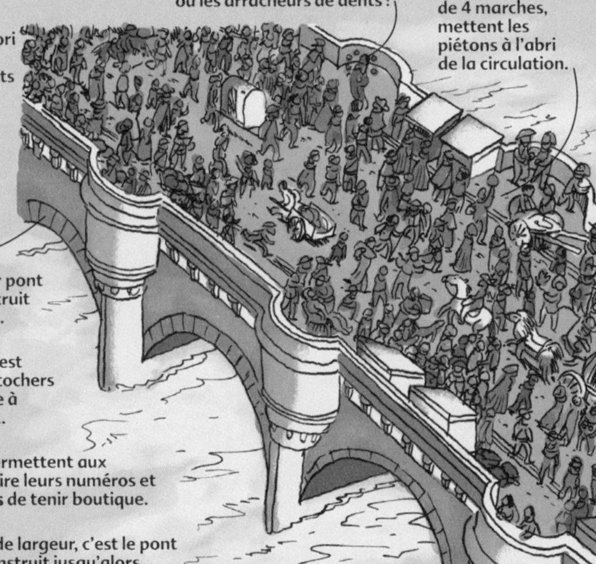

Et le soir, mieux vaut rester chez soi, car sur ce pont, comme dans les rues de Paris, il n'y a **pas d'éclairage** !

REVIENS SUR TES PAS ET CHOISIS UN AUTRE CHEMIN !

– Une poignée de poudre à mousquet contre une information qui te mènera droit à tes deux larrons, chuchote l'un des palefreniers* en conduisant ton cheval dans la cour.
Tu acceptes immédiatement son marché. Tu glisses ta main sous la selle et en retires un petit sac de poudre.
– Ce sera pour toi si ce que tu me dis en vaut vraiment la peine, lui dis-tu, les yeux plantés dans les siens.
– J'ai reconnu les montures de ceux que tu cherches. Elles portent la marque du duc de Bellefroi sur la cuisse gauche. Son château se trouve à trois lieues d'ici, juste après le bourg. À ce qu'on dit dans la région, ce château est le quartier général du prince de Condé…
Avec un cri de rage, tu enfourches ta monture et pars au triple galop en direction du château.

SI TU TRAVERSES LA VILLE POUR ALLER PLUS VITE, VA EN 41.

SI, MÉFIANT, TU PRÉFÈRES LA CONTOURNER, VA EN 13.

26

C'est dans l'antichambre du roi que tu rencontres l'un des anciens fidèles de Mazarin, Nicolas Fouquet. Lui aussi est au service de Louis XIV. C'est son ministre des Finances.

– Hélas, te confie-t-il, Louis ne m'aime pas. Il est jaloux du magnifique château que je me suis fait construire. Il pense que je vole dans les caisses du royaume et me fait surveiller. Puisque nous nous connaissons de longue date, je peux sûrement vous confier…

À cet instant, le roi sort de ses appartements. Tu ne remarques pas que Fouquet te glisse alors dans la poche un petit carnet, avant de disparaître.

– Ainsi, c'est vous le courageux mousquetaire ? Je me réjouis de vous savoir en ces murs pour me protéger, dit le roi en s'avançant vers toi.

– Si Votre Majesté est heureuse, je le suis également…

– Là, maintenant, retirez-vous. Je mettrai votre dévouement à l'épreuve dès demain.

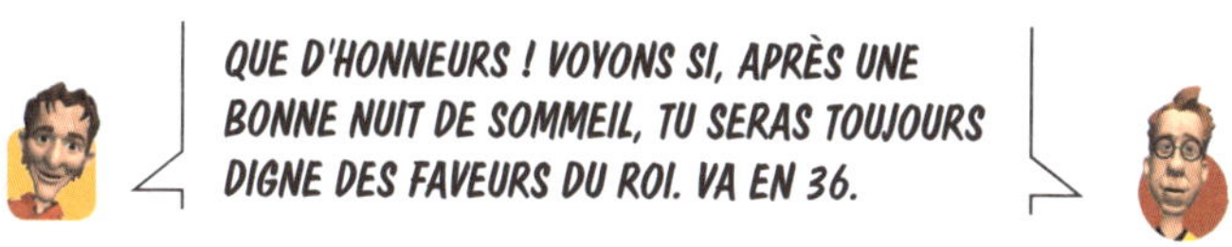

– Notre capitaine-roi adore que nous lui contions nos histoires de mousquetaires, te dit d'Artagnan. Si tu sais bien t'y prendre, sois sûr qu'il t'emmènera demain avec nous à une grande fête.

Tu réussis haut la main ton examen de passage chez le roi.

– Je dois me rendre demain à une fête que Fouquet donne en mon honneur dans son château, te dit-il après s'être régalé à écouter tes exploits. Je le soupçonne d'avoir construit sa splendide demeure de Vaux[1] en se servant dans les caisses du royaume… Je vais le lui faire payer très cher. Pendant la fête, j'ordonnerai qu'on l'arrête. D'Artagnan et toi en serez chargés.

Le lendemain, la fête au château de Vaux-le-Vicomte est éblouissante. Les invités s'extasient devant tout le luxe déployé… Louis XIV ne trouve aucun moment opportun pour faire son coup d'éclat.

– Puisségur, trouvez-moi une bonne place pour me reposer, je ferai arrêter Fouquet plus tard.

1. le château de Vaux-le-Vicomte

28

En dévalant les escaliers quatre à quatre, tu bouscules un gentilhomme.

– Excusez-moi, je suis pressé…

– Est-ce là une façon de s'adresser à un marquis ? s'indigne l'homme. Monsieur, sachez que je ne tolère pas que l'on me parle aussi cavalièrement.

Il ôte sa paire de gants, te gifle, puis il crie en s'éloignant :

– Monsieur l'impoli, vous me trouverez avec mes valets demain matin à six heures, derrière le petit bois.

– Pardieu, monsieur le marquis, je manque peut-être de politesse, mais j'ai un grand goût pour les duels. Je serai à l'heure pour vous régler votre compte avant de poursuivre mes affaires.

Laissant là l'homme écumant de rage, tu sors dans la cour.

NE TE COUCHE PAS TROP TARD SI TU VEUX ÊTRE EN FORME POUR CROISER LE FER EN 4 !

29

« Je crois que je vais quand même garder à l'œil ce gaillard », te dis-tu, prudent, en suivant Joan de loin. Mais, alors que tu t'apprêtes à gravir la dernière pente qui mène à l'auberge, un coup de feu claque. Immédiatement après, une douzaine de cavaliers fondent sur toi au grand galop. Tu fais volte-face et t'enfuis au triple galop.

« Morbleu ! Je suis tombé dans un piège. Joan est de mèche avec les Espagnols ! Il faut à tout prix que je regagne le camp français pour prévenir Bellefonds des agissements de ce traître… »

Tout en ruminant ces pensées, tu t'engages dans une vaste forêt de pins, suivi désormais par le seul homme que tu n'as pu semer. La distance entre vous diminue de seconde en seconde. Ton cheval commence à ralentir…

SI TU DÉCIDES DE T'ARRÊTER POUR ENGAGER LE COMBAT AVEC TON POURSUIVANT, VA EN 10.

SI, CERTAIN DE POUVOIR LE SEMER, TU POURSUIS TA COURSE, VA EN 13.

Dès ton arrivée à la citadelle, tu es présenté aux juges qui te soumettent à la question. Tu as alors droit à la plus atroce des tortures. On t'attache par les chevilles et les poignets au chevalet, l'instrument de bois destiné à écarteler. Puis, le bourreau tire sur les cordes du chevalet, qui se tendent… Tu sens tes membres se déboîter, tes os craquer… La souffrance est si forte que tu t'évanouis.

– Conduisez-le au cachot, ordonne le capitaine des gardes. Nous continuerons demain.

Lorsque tu entends tirer les verrous de la porte de ta cellule, le lendemain matin, tu es déjà mourant. Pendant la nuit, tu as été pris de fièvre et tu es maintenant en plein délire.

– En voilà un qui a raté le meilleur ! s'écrie le geôlier.

Quelques instants plus tard, tu rends ton dernier souffle.

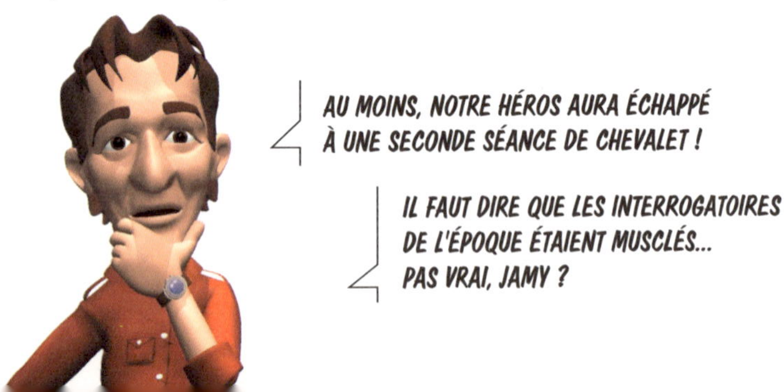

EN EFFET, CEUX QUI S'OPPOSAIENT À LA JUSTICE ROYALE ÉTAIENT SOUMIS À LA QUESTION, AUTREMENT DIT : LA TORTURE...

La question

La torture est déjà pratiquée au Moyen Âge, mais c'est à la Renaissance, à partir du 16e siècle, que les supplices corporels sont adoptés officiellement comme moyen d'obtenir des preuves.

La roue

Le bourreau rompt les membres et la poitrine du supplicié à coups de barre de fer.

Le chevalet

Étirés par des cordes, les membres du condamné sont disloqués.

Le tenaillement

Sur les bras, les cuisses et la poitrine du coupable, on applique des pinces brûlantes.

L'écartèlement

Le condamné, tiré par quatre chevaux, est mis en quartiers.

Sous la torture, **les aveux sont-ils bien fiables ?** Rien n'est moins sûr... C'est ce que l'on commence à comprendre sous le règne de Louis XIV. Pour punir les coupables, la justice royale préfère alors le **travail forcé** à la torture : les prisonniers, au lieu d'être condamnés à mort, sont envoyés ramer sur les **galères** du roi. Mais ce n'est que sous le règne de Louis XVI que la torture est abolie. Les terribles machines à torturer sont remplacées par la **guillotine**, considérée comme un progrès car, rapide et précise, elle tue sans douleur !

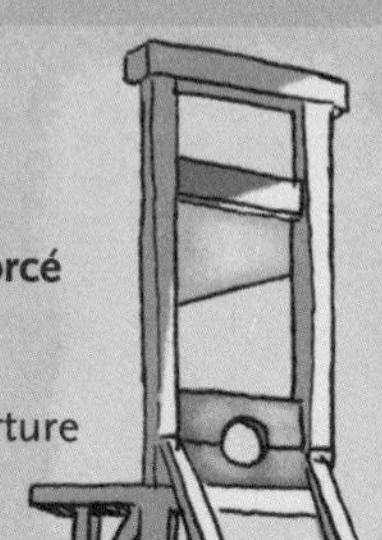

REVIENS SUR TES PAS ET CHOISIS UN AUTRE CHEMIN !

31

– Tu es généreux, mousquetaire, te dit-il en regardant le bel écu que tu glisses dans la bourse de cuir qu'il porte à la ceinture.
Il pose sur le sol la cassette, et fait signe à un gamin crasseux de s'approcher.
– Ce garçon pue, mais c'est le prince de la débrouille. Prends-le en croupe et il te fera sortir de Paris par un chemin surveillé par les membres de notre confrérie*.
Tu quittes donc Paris avec un gamin accroché à ta taille, en guidant ta monture à travers les marais et les sentiers boueux.
– C'est après ce gros bourg que tu trouveras le château de Longueil, t'explique le gamin en montrant un village, non loin de là. Bon vent, mon prince !

SI TU FILES AU GRAND GALOP EN CONTOURNANT LE BOURG, VA EN 18.

SI TU PRÉFÈRES LE TRAVERSER, VA EN 41.

32

– En garde, marauds* ! hurles-tu en bondissant sur le chemin. Et pendant que la femme continue à cingler* les hommes avec sa cravache, tu enfonces ton épée dans la poitrine du premier bandit. Après ce coup magistral, les autres lascars s'enfuient à toutes jambes en laissant là leur camarade agonisant.
La jeune femme courageuse reprend ses esprits et se présente : C'est la femme du maréchal Bellefonds. C'est aussi une cousine du roi, dont le caractère fougueux et aventureux est connu de tous. Elle voyage seule avec quelques hommes pour rejoindre son mari posté sur le front, à la frontière de l'Espagne. Blessés, ses gardes ne peuvent continuer la route. Tu te proposes de l'escorter.

ESPÉRONS QUE TA GALANTERIE SERA RÉCOMPENSÉE ! VA VITE EN 5.

Les journées au camp sont monotones. Mais les soirées avec les mousquetaires de ta compagnie à la taverne du coin sont pleines d'entrain. Malheureusement, Montgaillard aime un peu trop la bagarre… Un soir, tu regrettes de l'avoir suivi à la taverne.
Deux hommes à moitié ivres occupent votre table. Tu les soupçonnes d'être venus là pour en découdre avec les soldats du roi.
– Mes trois fils ont été enrôlés de force dans votre armée et deux ont déjà été tués. Les impôts nécessaires à ces maudites guerres nous laissent à peine de quoi manger… et ces fringants

messieurs viennent ici nous narguer en sortant leurs bourses pleines d'écus ! braille l'un d'eux.
Montgaillard voit rouge. Il bondit sur le paysan et le frappe. La bagarre devient vite générale.
– Va chercher du renfort ! hurle ton compagnon en dégainant son épée.

VITE ! ENFOURCHE TON CHEVAL
ET GALOPE VERS LE CAMP JUSQU'EN 19.

La jeune fille est alors poussée violemment à l'intérieur de ta chambre. Deux hommes masqués jaillissent dans son dos. L'un se jette sur la cassette, ouvre la fenêtre, et se laisse tomber du premier étage. L'autre homme profite de ta surprise pour t'asséner un bon coup sur la tête avant de s'enfuir.

Quand tu reprends tes esprits après un bref évanouissement, tu pousses un cri de rage. La servante te presse un linge humide sur la tête.

– Qui t'a payée, gueuse, pour m'attirer dans un tel piège ! hurles-tu en essayant de te remettre debout.

– On m'a obligée… sanglote-t-elle. Je devais juste vous faire ouvrir la porte, je ne pensais pas que c'était pour vous voler ! Pitié, mousquetaire, ne dites rien à l'aubergiste, je ne veux pas aller en prison…

Laissant la fille à ses gémissements, tu réunis tes affaires et t'élances vers l'escalier.

SI TU DÉCIDES D'ALLER À L'ÉCURIE POUR Y GLANER DES INFORMATIONS SUR TES ASSAILLANTS, VA EN 25.

SI TU PRÉFÈRES TE RENDRE DANS LA SALLE POUR INTERROGER L'AUBERGISTE, VA EN 28.

35

Les neuf années suivantes s'écoulent presque aussi vite que ton retour vers Paris au triple galop. Les missions, les expéditions pour défendre les frontières se succèdent. Tu es maintenant un des mousquetaires attitrés du cardinal. Il te choisit pour faire partie du cortège qui conduira Louis XIV à Saint-Jean-de-Luz, où le roi doit se marier avec Marie-Thérèse d'Autriche, fille du roi d'Espagne.

– La France est en guerre contre l'Espagne depuis trop longtemps, te dit Mazarin. Ce mariage va enfin permettre à nos deux pays de se réconcilier.

Mais le roi, qui aime une autre femme, a du mal à accepter cette décision.

– Trouve-moi un moyen de revoir ma très chère Marie Mancini avant mon mariage, te dit le roi lorsque vous partez pour Saint-Jean-de-Luz, et je ferai de toi le plus riche des mousquetaires.

SI TU FAIS LE NÉCESSAIRE POUR QUE LE RENDEZ-VOUS GALANT DU ROI AIT LIEU EN CHEMIN, VA EN 23.

SI TU PROPOSES D'ORGANISER LA RENCONTRE DÈS VOTRE ARRIVÉE À SAINT-JEAN-DE-LUZ, VA EN 3.

Le lendemain, tu es réveillé par de grands coups frappés à ta porte. Méfiant, tu ouvres, l'épée à la main.
– De par le roi, je vous arrête pour haute trahison !
Une dizaine de soldats pénètrent dans ta chambre. L'un d'eux te plaque au mur, tandis que les autres furètent un peu partout.
– Et voilà la preuve que le mousquetaire Puisségur a des intelligences avec Fouquet ! crie un des hommes en découvrant le petit carnet dans la poche de ta veste.
– Je ne sais pas ce que c'est que ce carnet, il n'est pas à moi !
Les gardes te laissent à peine le temps de te vêtir. On te jette dans un carrosse où t'attend un officier de la garde royale.
– Le roi vous a vu comploter hier, avec Fouquet. Conduisez ce traître à la Bastille !

EH OUI, CAR LOUIS XIV, ORGUEILLEUX ET AUTORITAIRE, N'AIMAIT PAS QU'ON LUI FASSE DE L'OMBRE.

Louis XIV aux commandes

À la mort de Mazarin, en 1661, Louis XIV décide de gouverner seul, sans Premier ministre, et de tout contrôler avec l'aide de trois collaborateurs : Le Tellier, secrétaire d'État à la Guerre, Lionne, secrétaire d'État aux Affaires étrangères, et Colbert, intendant des Finances.

L'arrestation de Fouquet

Dès le début de son règne personnel, Louis XIV affirme son autorité en faisant arrêter Fouquet. À la tête d'une immense fortune, cet ancien ministre des Finances de Mazarin est **l'un des hommes les plus puissants** de France. Il irrite le roi. La somptueuse fête qu'il organise en son palais de Vaux-le-Vicomte précipite sa disgrâce... Quelques jours plus tard, accusé de détournements d'argent, il est arrêté par d'Artagnan, sur ordre du roi.

La consolidation du pouvoir royal

Louis XIV s'appuie sur **Colbert** pour affirmer son pouvoir sur les provinces françaises. Ce dernier réforme l'administration, favorise le commerce, l'industrie et l'artisanat. Il fonde des compagnies de commerce dans les colonies et développe la **marine marchande et militaire**.

Le protecteur des arts

Le « Roi-Soleil » va faire de Paris et de Versailles les hauts lieux de la culture européenne. Il encourage un grand nombre d'hommes de talent, comme les hommes de théâtre **Molière** et **Racine**, le poète **La Fontaine**, le peintre et décorateur **Le Brun**, ou encore le jardinier **Le Nôtre**, dessinateur des jardins dits « à la française ».

Louis XIV, monarque absolu de 1661 à 1715, ici costumé en Apollon.

REVIENS SUR TES PAS ET CHOISIS UN AUTRE CHEMIN !

37

Au bout de quelques instants, tu aperçois sur le chemin six cavaliers venir vers toi dans un nuage de poussière. Les deux amis de ton adversaire sont allés chercher du renfort ! Ils foncent sur toi et sautent à bas de leur cheval.

– Puisque vous savez si bien tirer l'épée, crie l'un d'eux, voyons si vous saurez sauver votre peau face à six hommes !

– Quand vous voudrez, messieurs ! leur lances-tu en te mettant en garde.

Les six combattants se précipitent sur toi. Seul contre tous, tu essaies de faire face. Mais un coup d'épée au bras droit t'oblige à ferrailler* de la main gauche. Tes attaques deviennent moins précises.

TIENS BON JUSQU'EN 16 !!

« Mieux vaut affronter des dangers plus grands en combattant plutôt que d'être manipulé comme une marionnette », te dis-tu dépité en rejoignant ta compagnie.

Cinquante mousquetaires s'apprêtent à partir pour la guerre. Ils sont appelés en renfort dans le sud pour repousser les Espagnols. Tu pars avec eux. En chemin, tu te lies d'amitié avec l'un de tes camarades, Montgaillard, un vrai boute-en-train.

Trois jours plus tard, après avoir pris position dans un bastion* gardant la frontière, un officier supérieur te fait signe de le rejoindre.

– Il me faut deux mousquetaires pour une mission dangereuse. Elle sera récompensée par une belle bourse d'écus.

SI TU LÈVES LA MAIN, VA EN 14.

SI TU PRÉFÈRES RESTER AVEC MONTGAILLARD QUI NE S'EST PAS PORTÉ VOLONTAIRE, VA EN 33.

Une compagnie de soldats espagnols se dirige vers votre camp. Suivi de Joan, tu rebrousses chemin. Tu fais un large détour et mets rapidement au point un plan de diversion pour que Joan ait le temps d'avertir les vôtres.

Tu descends de cheval, grimpes sur un amas rocheux, plantes ton chapeau à la pointe de ton épée et le places bien en évidence au-dessus des pierres. Lorsque les cavaliers espagnols aperçoivent ce qu'ils pensent être une sentinelle française, ils chargent leurs armes et s'organisent pour l'attaque. Ils s'approchent… mais

quand ils s'aperçoivent de la plaisanterie, les troupes françaises sont déjà en vue. C'est la déroute* chez l'ennemi, qui prend immédiatement la fuite !
Ta ruse a vite fait le tour du camp et bientôt toute l'armée parle de ton exploit.

CE BEAU FAIT D'ARMES VA SÛREMENT T'ÊTRE UTILE POUR CONTINUER À SERVIR LE ROYAUME EN 8.

40

Votre apparition semble pétrifier les deux personnes qui sont assises dans le salon d'apparat tendu de soie rose. Il faut dire que la scène n'est pas banale : d'Artagnan est en train d'embrasser l'une des favorites du roi !

– Jusqu'à cet instant, j'avais de l'estime pour vous, monsieur d'Artagnan, s'exclame le roi d'une voix sèche, mais être au service du roi ne vous autorise pas à vous comporter de façon aussi scandaleuse !

Puis, rouge de colère, il s'adresse à toi :

– Arrêtez-moi sur-le-champ ce diable d'homme et conduisez-le au donjon de Vincennes. Veillez également à ce qu'on lui confisque tous ses biens.

VOYONS SI TON PRISONNIER NE VA PAS TE DONNER DU FIL À RETORDRE EN 20…

41

Tu entres au trot dans le bourg et pénètres dans les ruelles. Tu aperçois au loin un groupe de soldats.
– Mieux vaut rester discret, te dis-tu. Je vais entrer dans cette taverne.
À peine es-tu assis que l'un des clients de l'auberge t'apostrophe. Visiblement ivre, il t'agrippe par le pourpoint* et te crache son haleine avinée en pleine figure. Dégoûté, tu le repousses violemment. L'ivrogne sort son couteau et s'avance vers toi, l'œil menaçant. En un éclair, tu saisis ton épée et le blesses mortellement. Une voix se fait alors entendre au fond de la salle.
– En tant que sergent de guet*, j'ordonne que l'on arrête ce mousquetaire qui vient d'assassiner un de mes bourgeois !
Les soldats t'emmènent…

– Mousquetaire, tu pourras désormais t'enorgueillir d'avoir le roi comme ami, te dit Louis à son retour de Saint-Jean-de-Luz. Et il te nomme premier lieutenant de sa compagnie ! Durant les années qui suivent, Louis XIV n'a de cesse de multiplier les gestes de reconnaissance et de largesse à ton égard. Dès qu'il en a le temps, il prend plaisir à écouter tard dans la nuit tes aventures. Et un soir, il te fait une fameuse surprise. Il a convié dans son cabinet une charmante jeune femme dont tu es amoureux depuis un certain temps…

– Cette ravissante personne est un des meilleurs partis du royaume, et le roi ordonne qu'elle épouse son meilleur mousquetaire ! s'écrie-t-il joyeusement.

Fier et heureux, tu t'inclines, le chapeau à la main, devant la jeune femme.

– Sire, vos désirs sont des ordres, lui réponds-tu.

Tu as désormais tout ce dont tu rêvais !

BRAVO, MOUSQUETAIRE ! À TOI LA RICHESSE, LA GLOIRE ET L'AMOUR ! MAIS IL FAUT DIRE QUE LOUIS XIV T'A BIEN AIDÉ.

UN ROI QUI NE LAISSAIT PERSONNE LUI DÉSOBÉIR, N'EST-CE PAS, JAMY ?

COMME ON LE DISAIT À L'ÉPOQUE,
LE SERVICE DU ROI COMMANDE !

Un pays en guerre

Dès 1667, Louis XIV, qui exerce un pouvoir absolu, se lance dans une série de guerres pour agrandir son royaume et faire de la France la plus grande puissance européenne.

Deux grands hommes vont l'aider à mener à bien cette politique offensive :

Louvois (1639-1691)

Ministre de la Guerre, il améliore le recrutement des soldats, rend l'uniforme obligatoire, introduit la baïonnette.

Vauban (1639-1695)

Constructeur de génie, il entreprend la modernisation et l'édification de plus de trois cents **places fortes** qui protégeront les frontières de l'Est et du Nord, ainsi que les côtes françaises.

Une ville fortifiée par Vauban : Le Quesnoy

Pendant les guerres, les troupes de mousquetaires sont envoyées en renfort pour défendre des positions clés.

À pied

Ces soldats donnent l'assaut à pied et s'occupent de surveiller les tranchées aux endroits stratégiques.

À cheval

Dans les batailles, ils combattent à cheval, rangés en escadrons.

Durant trente ans, Louis XIV a ainsi fait la guerre à toute l'Europe : l'Autriche, l'Angleterre, la Hollande et l'Espagne. À la fin de son règne, le pays s'est agrandi de plus de 40 000 km². Il est devenu le royaume **le plus puissant** et **le plus peuplé** d'Europe.
Mais cette longue suite de guerres a épuisé le pays, et les **lourds impôts** nécessaires à l'entretien des troupes ont rendu la vie difficile à bien des habitants du royaume...

REVIENS SUR TES PAS POUR VIVRE UNE AUTRE AVENTURE !

GLOSSAIRE

Bastion
Élément de fortification dépassant de la muraille et venant renforcer une enceinte fortifiée.

Confrérie
Association de personnes appartenant à une même profession, à une même organisation religieuse.

Déroute
Fuite désordonnée de troupes lors d'une bataille.

Estafilade
Large coupure faite avec une arme, un instrument tranchant.

Ferrailler
Entrechoquer les lames de sabre ou d'épée lors d'un duel.

Fortin
Petit fort.

Jusqu'à la garde
Jusqu'à la partie arrondie de l'épée qui protège la main.

Maraud
Vaurien, voleur.

Moignon
Partie qui reste d'un membre qui a été amputé.

Mousquet
Sorte de fusil utilisé par les mousquetaires, qu'on posait sur une fourche avant de l'allumer à l'aide d'une mèche.

Palefrenier
Homme chargé de s'occuper des chevaux, de leur fournir soins et nourriture.

Pourpoint
Ancien vêtement d'homme qui couvrait le torse jusqu'à la ceinture.

Sceau
Tampon avec lequel on fait une empreinte en cire pour fermer un document et le rendre inviolable.

Sergent de guet
Soldat chargé de veiller la nuit à la sécurité des habitants.